ALFAGUARA INFANTIL

ALFAGUARA

Título original: Hazel's amazing mother
Publicado por Dial Books para Young Readers
© 1985, ROSEMARY WELLS
© De esta edición:
  2011, Santillana Ediciones Generales, S. L.
  Torrelaguna, 60. 28043 Madrid
  Teléfono 91 744 90 60

• Ediciones Santillana, S.A.
  Leandro N. Alem 720
  C1001AAP - Ciudad de Buenos Aires
  Argentina
• Editorial Santillana, S. A. de C.V.
  Avda. Universidad, 767. Col. Del Valle,
  México D.F. C.P. 03100
• Distribuidora y Editora Aguilar, Altea, Taurus, Alfaguara, S. A.
  Calle 80, nº 10-23. Bogotá. Colombia

ISBN: 978-84-204-6803-7

Quinta edición: diciembre 2011

Diseño de la colección: Manuel Estrada

Impreso por Nupress   15 14 13   1 2 3 4 5 6 7 8 9

SANTILLANA USA
Language Education Experts

La estupenda mamá de Roberta

Rosemary Wells

Ilustraciones de la autora

ALFAGUARA
INFANTIL

Mamá le dio a Roberta una moneda
y un beso, y le dijo:
–Compra algo rico para nuestra
merienda en el campo.
–Sí, mamá –dijo Roberta, y empujó
el cochecito de Melania calle abajo.

Roberta paró para ayudar al cartero.
—Veo que Melania tiene zapatos nuevos
—dijo el cartero.
—Mamá se los hizo —dijo Roberta.
Los zapatos de Melania eran de seda
azul.

–Buenos días –saludó el policía–.
Veo que Melania tiene un vestido
nuevo.

–Mamá se lo hizo –dijo Roberta.
El vestido de Melania era de percal
blanco con florecitas azules.

—¡Qué muñeca tan bonita! —dijo
la pastelera.
—Mamá me la hizo —dijo Roberta.
La pastelera le regaló una rosa
de azúcar.

Roberta compró a la pastelera dos
galletas con una cereza en el centro,
una para ella y otra para Melania, pero
como Melania no podía abrir la boca,
Roberta se comió las dos.

Con el dinero que le quedaba compró
unas uvas en el puesto de la frutera.
–¿Sabrás volver a casa tú sola?
–le preguntó la frutera.
–Sí, claro que sí –contestó Roberta.

Pero al llegar a la esquina dio vuelta
hacia el lado que no era.

Y después dio vuelta por otro camino
que tampoco era...

...hasta que fue a parar a una colina solitaria en una parte de la ciudad en la que no había estado nunca antes.

–No te preocupes, Melania –dijo
Roberta–. Encontraremos el camino
para volver a casa.
Justo entonces oyó la voz de
un chico que gritaba:
–¡Oye, Virginia, alguien quiere
robarnos la pelota!

Y en un momento Roberta se vio
rodeada.
–¿Qué vamos a hacer, Virginia?
–preguntó el otro chico.
–Pues si ella quiere jugar con nuestra
pelota, nosotros jugaremos con su
muñeca –dijo Virginia.

Melania voló por los aires de mano en mano. Y por los aires volaron también sus zapatitos de seda azul.

–¡No hagan eso! –gritó Roberta.

Pero ellos la tiraron más arriba
y más lejos. Perdió su vestido de
percal y se le salió el relleno.
—¡No! —suplicó Roberta, pero no
podía hacer nada para detenerlos.

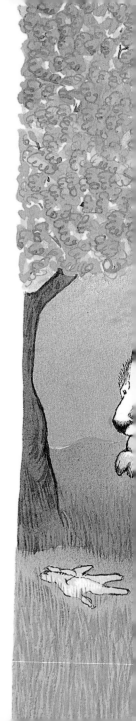

Cuando los chicos se cansaron de jugar, Melania no era más que un pingajo.

–¡Pobre Melania, pobre Melania! –gimió Roberta.

–Vamos –dijo Virginia–, llévenme cuesta abajo en el cochecito.

Roberta abrazó a la destrozada Melania.
Oyó cómo el cochecito caía en la
laguna que había al pie de la colina.
–¡Mamá, mamá! –lloraba Roberta–.
¿Dónde estás? Quiero que vengas...

En aquel mismo momento, al otro
lado de la ciudad, la mamá de
Roberta estaba recogiendo tomates
para la merienda en el campo. Algo le
hizo pensar que Roberta la necesitaba.
Cayó una gota de lluvia. Después
empezó a caer un fuerte chaparrón
y se levantó un viento tremendo.

El viento hizo volar el mantel por encima de la pared del jardín. La mamá de Roberta agarró el mantel, pero el viento sopló tan fuerte...

...que arrastró a la mamá de Roberta junto con la cesta de la merienda y los tomates. Todos volaron por encima de los árboles como si pesaran menos que una hoja.

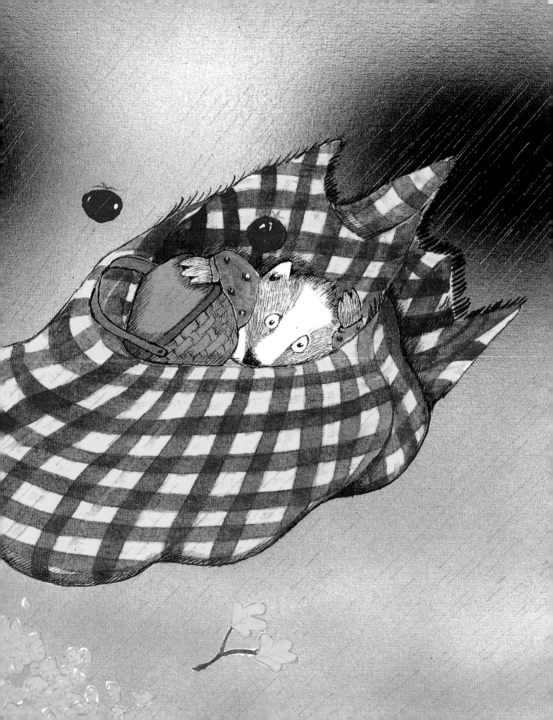

El mantel, con todo lo que llevaba dentro, fue empujado por el viento y voló sobre la ciudad.

Al final cayó sobre el mismísimo árbol
bajo el que Roberta se había protegido
de la lluvia. Virginia y los dos chicos se
iban a marchar corriendo hacia su casa
cuando una fuerte voz resonó desde
lo alto del árbol:
–¡Eh, un momento!

Un tomate le reventó a Virginia justo
entre los dos ojos.

–¡Nada de irse antes de que hayan
dejado a Melania como estaba!

–¿Quién habla? –preguntó Virginia
asustada.

–¡Es mamá! –dijo Roberta.

—¡Busquen ahora mismo los zapatos
y el vestido de Melania! —ordenó
la mamá de Roberta—. ¡Métanle todo
el relleno y cósanle lo roto hasta
que la dejen como nueva!
La mamá de Roberta le lanzó a Virginia
la bolsita de costura que siempre
llevaba en el bolsillo. Después le
tiró tres tomates más.

Los dos chicos se abrazaron temblando.
–Toda la culpa ha sido de Virginia
–gimotearon.
La mamá de Roberta lanzó una sonora
carcajada amenazadora:
–Vayan a buscar el cochecito de Melania
y límpienlo hasta que reluzca –ordenó.

Los dos chicos se pusieron a secar
y a frotar con todas sus fuerzas.
Mientras tanto, Virginia cosía sin
parar. Volvió a salir el sol y las nubes
desaparecieron.

El cochecito de Melania volvía a estar limpio y las ruedas giraban sin un solo chirrido. Melania había quedado arreglada, menos los ojos, que Virginia no había sido capaz de encontrar entre la hierba. En cuanto los dos chicos y Virginia se marcharon, la mamá de Roberta saltó al suelo.

La mamá de Roberta
encontró los ojos de Melania
y se los cosió mientras Roberta
empezaba a merendar.
–¡Qué estupenda eres, mamá! ¿Cómo has podido
hacerlo todo tan bien? –dijo Roberta.
–Pues yo creo que ha sido porque te quiero
–le dijo su mamá.

Más tarde recogieron todo y se fueron a casa. Habían sobrado bizcochos, así que Roberta se llevó dos, uno para Melania y otro para ella, pero como Melania no podía abrir la boca, Roberta se comió los dos.

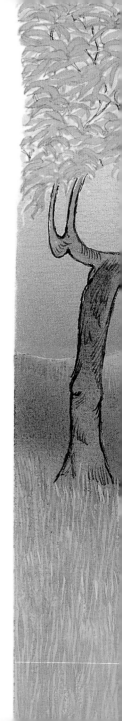

Rosemary Wells

Nació en la ciudad de Nueva York, Estados Unidos, en 1943.
Desde niña, su pasatiempo favorito era dibujar. Cursó estudios
de Bellas Artes en Boston y a los 19 años, tras dejar de estudiar
y ya casada, comenzó su carrera como diseñadora de libros en
una editorial de Boston. Rosemary Wells conoce muy bien a los
niños pequeños y sus complejos conflictos, principalmente los
concernientes a su entorno familiar. La autora da a todo ello un
toque afectivo, evitando el materialismo y la protección excesiva,
impulsando de esta manera la autonomía y la autoestima de los
niños. Quizá por ello los libros de Wells son tan sencillos y a su
vez tan iniciáticos y poéticos.